TRABAJOS QUE QUIEREN LOS NIÑOS

¿QUÉ SIGNIFICA SER CARPINTERO?

CHRISTINE HONDERS

New York

Published in 2020 by The Rosen Publishing Group, Inc.
29 East 21st Street, New York, NY 10010

Copyright © 2020 by The Rosen Publishing Group, Inc.

All rights reserved. No part of this book may be reproduced in any form without permission in writing from the publisher, except by a reviewer.

First Edition

Translator: Ana María García
Editor, Spanish: Natzi Vilchis
Book Design: Michael Flynn

Photo Credits: Cover, p. 1 Fh Photo/Shutterstock.com; pp. 4, 6, 8, 10, 12, 14, 16, 18, 20, 22 (background) Apostrophe/Shutterstock.com; p. 5 goodluz/Shutterstock.com; p. 7 pikselstock/Shutterstock.com; p. 9 Dirk Saeger/Shutterstock.com; p. 11 Thomas Barrat/Shutterstock.com; p. 13 Pressmaster/Shutterstock.com; p. 15 UfaBizPhoto/Shutterstock.com; p. 17 Steve Debenport/E+/Getty Images; p. 19 gualtiero boffi/shutterstock.com; p. 21 p_ponomareva/Shutterstock.com; p. 22 Mega Pixel/Shutterstock.com.

Cataloging-in-Publication Data

Names: Honders, Christine.
Title: ¿Qué significa ser carpintero? / Christine Honders.
Description: New York: PowerKids Press, 2020. | Series: Trabajos que quieren los niños | Includes glossary and index.
Identifiers: ISBN 9781725305519 (pbk.) | ISBN 9781725305540 (library bound) | ISBN 9781725305533 (6 pack)
Subjects: LCSH: Carpentry–Vocational guidance–Juvenile literature. | Carpenters–Juvenile literature.
Classification: LCC TH5608.8 H66 2020 | DDC 694.023–dc23

Manufactured in the United States of America

CPSIA Compliance Information: Batch #CSPK19. For Further Information contact Rosen Publishing, New York, New York at 1-800-237-9932.

CONTENIDO

Constructores y reparadores 4

Qué hacen los carpinteros 6

Carpinteros del pasado. 8

Los carpinteros de hoy. 10

Prepararse para ser carpintero 12

Lo que necesitas saber 14

¿Qué más se necesita? 16

Por qué los carpinteros
son importantes 18

Esfuerzo y recompensa 20

¡Se buscan carpinteros! 22

Glosario 23

Índice 24

Sitios de Internet 24

Constructores y reparadores

Muchos niños, al crecer, quieren ser maestros, policías o médicos. Pero ¿se han puesto a pensar en las personas que construyen escuelas, estaciones de policía y hospitales? Los carpinteros construyen y reparan cosas de madera. Fabrican cosas que utilizamos todos los días.

Qué hacen los carpinteros

Los carpinteros cortan piezas de madera y las juntan para hacer objetos como mesas y armarios. A veces, trabajan en grandes proyectos, como casas o puentes. Son **expertos** trabajando con las manos y usan muchas herramientas. También son buenos en matemáticas.

Carpinteros del pasado

¡Los carpinteros existen desde hace miles de años! El hombre primitivo utilizaba piedras para hacer herramientas de madera. Después, se empezaron a usar herramientas de metal para la construcción de edificios y la fabricación de muebles. Los vikingos hacían barcos de madera, grandes y fuertes, con los que viajaban hacia nuevas tierras.

Los carpinteros de hoy

Los carpinteros son todavía una parte importante de nuestra **comunidad**. Participan en la construcción de casas y negocios. Los carpinteros construyen estructuras que luego se completan con otros materiales de construcción, como el **concreto**. Las nuevas **tecnologías** les ayudan a crear cosas nuevas y a trabajar más rápido.

Prepararse para ser carpintero

Los futuros carpinteros aprenden matemáticas en la secundaria o *high school*. Luego reciben formación o capacitación en carpintería en un centro formativo o escuela técnica. Los futuros carpinteros deben trabajar durante unos años como **aprendices**. También es necesario aprobar un curso de seguridad para poder trabajar como carpintero.

Lo que necesitas saber

Los carpinteros saben cortar y dar forma a la madera. También saben cuál es el mejor tipo de madera para cada proyecto. Son buenos en matemáticas. Miden la madera con reglas. Además, utilizan las matemáticas para **calcular** cuánta madera necesitan en cada trabajo.

¿Qué más se necesita?

Los carpinteros saben leer **planos**. También saben utilizar herramientas eléctricas, martillos y sierras.

Los carpinteros que participan en grandes proyectos deben estar preparados para trabajar en equipo. Además, deben cumplir con las normas de seguridad y utilizar equipos especiales, como gafas y casco.

Por qué los carpinteros son importantes

Mucha gente hace cosas con las computadoras, pero los carpinteros saben cómo hacer cosas con sus manos. Necesitamos carpinteros para dar forma a nuestras ideas. Los carpinteros también arreglan cosas dañadas o rotas. Mientras los carpinteros continúen trabajando, ¡nuestro mundo seguirá adelante!

Esfuerzo y recompensa

La carpintería puede resultar un trabajo duro, pero a la mayoría de los carpinteros les gusta su trabajo. Se sienten orgullosos cuando terminan un proyecto. Los carpinteros utilizan sus habilidades para mejorar su propia vida. ¡Saber como arreglar tú mismo las cosas te hace sentir muy bien!

¡Se buscan carpinteros!

Siempre necesitaremos carpinteros para construir edificios cada vez mejores y más sólidos. Algunos carpinteros reparan túneles y puentes viejos. Otros utilizan sus manos para dar forma a cosas bonitas. Nuestro mundo cambia cada día y se necesitan carpinteros para construir todo lo que ayude a que sea un lugar mejor.

GLOSARIO

aprendiz: alguien que se capacita con una persona que tiene experiencia en cierto trabajo.

calcular: hacer aproximaciones utilizando las matemáticas.

comunidad: conjunto de personas que viven en una zona común.

concreto: mezcla endurecida de arena, agua, grava y otros materiales usados en construcción.

experto: que tiene conocimientos avanzados para completar una tarea o trabajo.

plano: esquema de un edificio que los trabajadores siguen.

tecnología: uso de la ciencia para resolver problemas.

ÍNDICE

C
casa, 6, 10
computadora, 18

E
edificio, 8, 22

H
herramienta, 6, 8, 16

M
madera, 4, 6, 8, 14
martillo, 16
matemáticas, 6, 12, 14
muebles, 8

S
sierra, 16

SITIOS DE INTERNET

Debido a que los enlaces de Internet cambian constantemente, PowerKids Press ha creado una lista de sitios de Internet relacionados con el tema de este libro. Este sitio se actualiza con regularidad. Por favor, utiliza este enlace para acceder a la lista: www.powerkidslinks.com/JKW/carpenter